EL BARCO DE VAPOR

Dimiter Inkiow

Lidia, yo y el muñeco de nieve

Ilustraciones de Anne Decís

Nevó durante dos días seguidos.
Sin parar.
El tercer día,
cuando miramos por la ventana de casa,
estaba todo blanco.

Dirección editorial: Elsa Aguiar
Colección dirigida por Marinella Terzi
Traducción del alemán: Marinella Terzi

Título original: *Der grösste Schneemann der Welt*
© del texto: Dimiter Inkiow, 2005
© de las ilustraciones: Anne Decís, 2005
© Ediciones SM, 2005
   Impresores, 15 - Urbanización Prado del Espino
   28660 Boadilla del Monte (Madrid)
   www.grupo-sm.com

   Centro de Atención al Cliente
   tel.902 12 13 23
   Fax.902 24 12 22
   e-mail: clientes.cesma@grupo-sm.com

ISBN: 84-675-0439-0
Depósito legal: M-28602-2005
Impreso en España / *Printed in Spain*
Orymu, S.A. - Ruiz de Alda, 1 - Pinto (Madrid)

En el jardín no se veía ni una planta.
Y en la calle,
en lugar de coches aparcados,
había montañas de nieve.

Mi hermana Lidia gritó:

—¿Sabes una cosa? ¡Tengo una idea magnífica!

Sus ojos brillaban emocionados.

—¿Qué se te ha ocurrido? -pregunté curioso.

—¡Vamos a construir
el muñeco de nieve más grande
del mundo!

—¡Perfecto! –asentí–.
Construiremos
el muñeco de nieve más grande
del mundo,
pero hay que abrigarse bien.

10

Nos abrigamos
y corrimos escaleras abajo.
Vivimos en el tercer piso.

Había tanta nieve
que habríamos podido construir
hasta los dos muñecos de nieve
más grandes del mundo.
O, incluso, tres.
No habíamos tenido tanta nieve
en la vida.
Las ramas de los árboles se inclinaban
bajo su peso.

¿Pero dónde podríamos hacer
nuestro muñeco?

En el jardín trasero, no.
Imposible,
porque la nieve nos llegaría al cuello.

Más allá del cuello.
O, incluso,
podríamos ahogarnos en ella.

Así que empezamos a recorrer
las montañas de nieve,

18

enfadados porque no encontrábamos
ningún sitio libre
para construir el muñeco de nieve
más grande del mundo.

—Lidia –dije–.
Si no podemos hacerlo
en el jardín trasero,
¿por qué no lo hacemos delante?
El portero ha limpiado el camino
hasta la casa.

20

Podemos construir el muñeco
justo en medio,
para que lo vean
todos los que pasen por aquí.

—¡Claro! –asintió Lidia–.
Hagámoslo en el camino.
Nos pusimos a trabajar.

Fuimos al desván
y cogimos un cubo y una pala vieja.
    Luego, comenzamos a cavar
y a amontonar nieve
en medio del camino limpio.

Hicimos todo lo que pudimos.
Pero hacía mucho frío,
la nieve estaba helada
y pesaba poco.
No había manera de moldearla.
La nieve que íbamos añadiendo
para formar la tripa del muñeco,
se caía una y otra vez al suelo.
¿Qué podíamos hacer?

—Necesitamos agua
–dijo mi hermana Lidia–.
Si no, no vamos a poder.

—¿Por qué no vamos a poder?
-pregunté.

—Es nieve en polvo.
Tenemos que hacerla más compacta.

Fuimos a buscar agua a casa:
Un cubo, dos cubos...

Con el agua
conseguimos moldear la nieve,
pero nuestros guantes
se quedaron empapados.
¡Brrrr! ¡Brrrr!
Empezamos a temblar de frío.

—¡Lidia! –grité–.
¡No puedo aguantar más!
¡Tengo mucho frío!

—¡Yo también!

—¿Qué hacemos con el muñeco?

—Lo construiremos otro día.

Comenzamos a recoger
nuestras cosas.

Al levantar el cubo,
que todavía tenía agua,
me resbalé. ¡Plaf!

Lidia intentó ayudarme
y se resbaló también. ¡Plaf!

El vecino del quinto,
que pasaba en ese momento por allí,
quiso ayudarnos

y se resbaló también.
      ¡Plaf!
      ¡Pum!

El suelo se había transformado
en una pista de patinaje
porque el agua se había helado.

Seguimos resbalando
hasta que, por fin,
conseguimos mantenernos en pie.

De repente, salió el portero.
—¿Qué ocurre aquí?
–gritó de mal humor.

Pero antes de que pudiéramos responder,
estaba en el suelo.

¡Plum!

También se había resbalado.

Se quedó un rato
con la boca abierta.

Luego se puso rojo.

Intentó levantarse,
pero volvió a resbalar.
Una y otra vez.

—¡Esto no puede ser!
–gritaba. ¡Buuuum!–.
¿Quién ha tirado esta agua?
–¡Ruuummm!– ¡Como le coja!
¡Pluuum!
Tras diez minutos de intentarlo,
por fin logró levantarse.

43

Pero mi hermana y yo
ya habíamos entrado en casa.

Sin construir el muñeco de nieve
más grande del mundo.
Mejor, lo dejábamos para otro día.

¿QUIERES LEER MÁS?

SI TE HA GUSTADO **LIDIA, YO Y EL MUÑECO DE NIEVE** PORQUE A SUS PROTAGONISTAS LES PASAN COSAS MUY PARECIDAS A LAS QUE TE OCURREN A TI CON TUS HERMANOS O CON TUS AMIGOS, PUEDES LEERTE TAMBIÉN LOS OTROS TÍTULOS DE LA SERIE **MI HERMANA LIDIA Y YO**, y disfrutarás con estos mellizos que, aunque se quieren mucho, no siempre se llevan del todo bien.

MI HERMANA LIDIA Y YO
Dimiter Inkiow
EL BARCO DE VAPOR, SERIE BLANCA

SI TE GUSTAN LOS NIÑOS COMO LIDIA, QUE TIENEN IDEAS Y NO SE QUEDAN ABURRIDOS EN UN SILLÓN, LO PASARÁS ESTUPENDAMENTE CON **MATILDE Y LAS BRUJAS**, que cuenta la estrategia que empleó una niña normal y corriente para enfrentarse a unas brujas malas malas.

MATILDE Y LAS BRUJAS
Juan Farias Huanqui
EL BARCO DE VAPOR, SERIE BLANCA, N.º 104

Y TAMBIÉN TE ENCANTARÁ **DAVID Y EL MONSTRUO PIERDEN UN TESORO**, la historia de un chico que juega con su amigo el monstruo a perder tesoros en lugar de a encontrarlos.

DAVID Y EL MONSTRUO PIERDEN UN TESORO
José María Plaza
EL BARCO DE VAPOR, SERIE BLANCA, N.º 96

SI TE GUSTA LO BIEN QUE SE LLEVAN LIDIA Y SU HERMANO, NO TE PIERDAS **¡VAYA FIESTA!**, que describe el sacrificio tan grande que hizo Bil quedándose en casa a cuidar a su amigo enfermo en vez de asistir a la fiesta del pueblo.

¡VAYA FIESTA!
Rindert Kromhout
EL BARCO DE VAPOR, SERIE BLANCA, N.º 91